1998—2006
"中华古诗文经典诵读工程"顾问
（以姓氏笔画为序）

王元化·汤一介·杨振宁·张岱年·季羡林

"中华古诗文经典诵读工程"指导委员会

名誉主任◎南怀瑾

主　　任◎徐永光

"中华古诗文经典诵读工程"全国组委会

主　　任◎陈越光

总 策 划 ◎ 陈越光

总 创 意 ◎ 戴士和

选　　编 ◎ 中国青少年发展基金会

注　　音
　　　　　◎ 中国文化书院
注　　释

　　　　　　尹　洁（子集、丑集）　　刘　一（寅集、卯集）

注释小组 ◎ 杨　阳（辰集、巳集）　　丛艳姿（午集、未集）

　　　　　　黄漫远（申集、酉集）　　方　芳（戌集、亥集）

注释统稿 ◎ 徐　梓

文稿审定 ◎ 陈越光

装帧设计 ◎ 陈卫和

十二生肖图绘制 ◎ 戴士和

诵　　读 ◎ 喻　梅　齐靖文

　　　　　　陈　光　李赠华　黄　丽　林　巧　王亚苹
审　　读 ◎
　　　　　　吕　飞　刘　月　帖慧祯　赵一普　白秋霞

中华古诗文读本

辰集

中国青少年发展基金会　编

中国文化书院　注　释

陈越光　总策划

中国大百科全书出版社

致读者

这是一套为"中华古诗文经典诵读工程"而编辑的图书，主要有以下几个特点：

1. 版本从众，尊重教材。教材已选篇目，除极个别注音、标点外，均以教材为准，且在标题处用★标示；教材未选篇目，选择通用版本。

2. 注音读本，规范实用。为便于读者准确诵读，按现代汉语规范对所选古诗文进行注音。其中，为了音韵和谐，个别词语按传统读法注音。

3. 简注详注，相得益彰。为便于读者集中注意力，沉浸式诵读，正文部分只对必要的字词进行简注。后附有针对各篇的详注，以便于读者进一步理解。每页上方标有篇码。正文篇码与解注篇码标识一致，互为阴阳设计，以便于读者逐篇查找相关内容。

4. 准确诵读，规范引领。特邀请中国传媒大学播音主持艺术学院的专家进行诵读。正确的朗读，有助于正确的理解。铿锵悦耳的古诗文音韵魅力，可以加深印象，帮助记忆，从而达到诵读的效果。

5. 科学护眼，方便阅读。按照国家2022年的新要求，通篇字体主要使用楷体、宋体，字号以四号为基本字号。同时，为求字距疏朗，选用大开本；为求色泽柔和，选用暖色调淡红色并采用双色印刷。

读千古美文　做少年君子

20多年前，一句"读千古美文，做少年君子"的行动口号，一个"直面经典，不求甚解，但求熟背，终身受益"的操作理念，一套"经典原文，历代名篇，拼音注音，版本从众"的系列读本，一批以"激活传统，继往开来，素质教育，人文为本"为己任的教师辅导员，一台"以朗诵为主，诵演唱并茂"的古诗文诵读汇报演出……活跃在百十个城市、千百个县乡、几万所学校、几百万少年儿童中间，带动了几千万家长，形成一个声势浩大的"中华古诗文经典诵读工程"。

今天，我们再版被誉称为"经典小红书"的《中华古诗文读本》，续航古诗文经典诵读工程。当年的少年君子已为人父母，新一代再起书声琅琅，而在这琅琅书声中成长起来的人们，在他们漫长的一生中，将无数次体会到历史化作诗文词句和情感旋律在心中复活……

从孔子到我们，2500年的时间之风吹皱了无数代中华儿女的脸颊。但无论遇到什么，哪怕是在历史的寒风中，只要我们静下心来，从利害得失的计较中，甚至从生死成败的挣扎中抬起头来，我们总会看到一抹阳光。阳光下，中华文化的山峰屹立，我们迎面精神的群山——先秦诸子，汉赋华章，魏晋风骨，唐诗宋词，理学元曲，明清小说……一座座青山相连！无论你身在何处，无论你所处的境遇如何，一个真正文化意义上的中国人，只要你立定脚跟，背后山头飞不去！

陈越光

2023 年 1 月 8 日

★陈越光：中国文化书院院长、西湖教育基金会理事长

激活传统　继往开来

　　21 世纪来临了，谁也不可能在一张白纸上描绘新世纪。21 世纪不仅是 20 世纪的承接，而且是以往全部历史的承接。江泽民主席在访美演讲中说："中国在自己发展的长河中，形成了优良的历史文化传统。这些传统，随着时代变迁和社会进步获得扬弃和发展，对今天中国的价值观念、生活方式和中国的发展道路，具有深刻的影响。"激活传统，继往开来，让 21 世纪的中国人真正站在五千年文化的历史巨人肩上，面向世界，开创未来。可以说，这是我们应该为新世纪做的最重要的工作之一。

　　为此，中国青少年发展基金会在成功地推展"希望工程"的基础上，又将推出一项"中华古诗文经典诵读工程"。该项活动以组织少年儿童诵读、熟背中国经典古诗文的方式，让他们在记忆力最好的时候，以最便捷的方式，获得古诗文经典的基本熏陶和修养。根据"直面经典、有取有舍、版本从众"的原则，经专家推荐，我们选编了 300 余篇经典古诗文，分 12 册出版。能熟背这些经典，可谓有了中国文化的基本修养。据我们在上千名小学生中试验，每天诵读 20 分钟，平均三五天即可背诵一篇古文。诵读数年，终身受益。

　　背诵是儿童的天性。孩子们脱口而出的各种广告语、影视台词等，都是所谓"无意识记忆"。有心理学家指出，人的记忆力在儿童时期发展极快，到 13 岁达到最高峰。此后，主要是理解力的增强。所以，在记忆力最好的时候，少记点广告词，多背点经典，不求甚解，但求熟背，是在做一种终生可以去消化、理解的文化准备。这很难是儿童自己的选择，主要是家长的选择。

有的大学毕业生不会写文章，这是许多教育工作者不满的现状。中国的语言文字之根在古诗文经典，这些千古美文就是最好的范文。学习古诗文经典的最好方法就是幼时熟背。现在的学生们往往在高中、大学时期为文言文伤脑筋，这时内有考试压力，外有挡不住的诱惑，可谓既有"丝竹之乱耳"，又有"案牍之劳形"，此时再来背古诗文难道不是事倍功半吗？这一点等到学生们认识到往往已经晚了，师长们的远见才能避免"亡羊补牢"。

读千古美文，做少年君子。随着"中华古诗文经典诵读工程"的逐年推广，一代新人的成长，将不仅仅受益于千古美文的文学滋养——"天下为公"的理念；"宁为玉碎，不为瓦全"的风骨；"先天下之忧而忧，后天下之乐而乐"的胸怀；"富贵不能淫，贫贱不能移，威武不能屈"的操守；"位卑未敢忘忧国"的精神；"无为而无不为"的智慧；"己所不欲，勿施于人""己欲立而立人，己欲达而达人"的道德原则……这一切，都将成为新一代中国人重建人生信念的精神源泉。

愿有共同热情的人们，和我们一起来开展这项活动。我们只需做一件事：每周教孩子背几首古诗或一篇五六百字的古文经典。

书声琅琅，开卷有益；文以载道，继往开来！

陈越光

1998 年 1 月 18 日

★陈越光时任中国青少年发展基金会社区文化委员会主任、中国文化书院副院长。

与先贤同行　做强国少年

  中华优秀传统文化源远流长，博大精深，是中华民族的宝贵精神矿藏。在这悠久的历史长河中，先后涌现出无数的先贤，这些先贤创作了卷帙浩繁的国学经典。回望先贤，回望经典，他们如星月，璀璨夜空；似金石，掷地有声；若箴言，醍醐灌顶。

  为弘扬中华民族优秀传统文化，让广大青少年汲取中华优秀传统文化的养分，中国青少年发展基金会遵循习近平总书记寄语希望工程重要精神，结合新时代新要求，在二十世纪九十年代开展"中华古诗文经典诵读活动"的基础上，创新形式传诵国学经典，努力为青少年成长发展提供新助力、播种新希望。

  "天行健，君子以自强不息；地势坤，君子以厚德载物。"与先贤同行，做强国少年。我们相信，新时代青少年有中华优秀传统文化的滋养，不仅能提升国学素养，美化青少年心灵，也必然增强做中国人的志气、骨气、底气，努力成长为强国时代的栋梁之材。

郭美荐

2023 年 1 月 16 日

★郭美荐：中国青少年发展基金会党委书记、理事长

目录

目录

目录

《论语》三章

一 ★

子曰：“质①胜文②则野③，文胜质则史④。文质彬彬⑤，然后君子。”

选自《雍也篇第六》

二 ★

子曰：“君子坦荡荡，小人长戚戚⑥。”

选自《述而篇第七》

---

①质：质朴。　②文：文采。　③野：粗野。　④史：虚浮。　⑤彬彬：相杂而适均的样子。　⑥戚戚：患得患失、忧虑的样子。

三

zhòng gōng wèn rén　zǐ yuē　chū mén rú jiàn dà
仲弓问仁。子曰："出门如见大

bīn⑦　shǐ mín rú chéng dà jì　jǐ suǒ bú yù　wù shī
宾⑦，使民如承大祭。已所不欲，勿施

yú rén　zài bāng wú yuàn　zài jiā wú yuàn　zhòng gōng
于人。在邦⑧无怨，在家⑨无怨。"仲弓

yuē　yōng suī bù mǐn　qǐng shì⑩ sī yǔ yǐ
曰："雍虽不敏，请事⑩斯语矣。"

xuǎn zì　yán yuān piān dì shí èr
选自《颜渊篇第十二》

---

⑦大宾：贵宾。　⑧邦：诸侯统治的国家。　⑨家：卿大夫统治的封地。　⑩事：实践。

《老子》二章

一

天长地久。天地所以能长且久者，以其不自生，故能长生。是以圣人后其身而身先；外其身而身存。非以其无私①邪②？故能成其私。

选自《上篇道经七章》

二

有物混成，先天地生。寂③兮寥④兮，独立而不改，周行而不殆⑤，可以为天

①私：自己。　②邪：同"耶"。　③寂：无声。　④寥：无形。　⑤殆：停止。

地母。吾不知其名，强字之曰道，强
为之名曰大。大曰逝，逝曰远，远曰反。

故道大，天大，地大，人亦大。域
中⑥有四大，而人居其一焉。

人法⑦地，地法天，天法道，道法
自然。

选自《上篇道经二十五章》

---

⑥域中：无形的空间中。　⑦法：取法，效法。

《管子》一则
guǎn zǐ yì zé

先生施教，弟子是①则②。温恭自
xiān shēng shī jiào dì zǐ shì zé wēn gōng zì

虚，所受是极③。见善从之，闻义则
xū suǒ shòu shì jí jiàn shàn cóng zhī wén yì zé

服。温柔孝悌，毋骄恃力。志毋虚邪，
fú wēn róu xiào tì wú jiāo shì lì zhì wú xū xié

行必正直。游居有常，必就④有德。颜
xíng bì zhèng zhí yóu jū yǒu cháng bì jiù yǒu dé yán

色整齐，中心必式⑤。夙⑥兴夜寐，衣
sè zhěng qí zhōng xīn bì shì sù xīng yè mèi yī

带必饬⑦。朝益暮习，小心翼翼。一⑧此
dài bì chì zhāo yì mù xí xiǎo xīn yì yì yī cǐ

不懈，是谓学则。
bú xiè shì wèi xué zé

选自《弟子职篇》
xuǎn zì dì zǐ zhí piān

---

①是:指代先生所教的内容。 ②则:效法。 ③极:极点。 ④就:接近。
⑤式:规范。 ⑥夙:早。 ⑦饬:使整齐。 ⑧一:专一。

《墨子》一则

子墨子言曰："古者王公①大人②，为政国家者，皆欲国家之富，人民之众，刑政之治③。然而不得富而得贫，不得众而得寡，不得治而得乱，则是本④失其所欲，得其所恶，是故何也？"

子墨子言曰："执有命⑤者以杂于民间者众。执有命者之言曰：'命富则富，命贫则贫；命众则众，命寡则寡；命治则治，命乱则乱；命寿则寿，

①王公：指天子、诸侯。　②大人：指有地位的贵族。　③治：安定太平，治理得好。　④本：从根本上。　⑤命：即命定思想。

命夭^⑥则夭。命虽强^⑦劲何益哉？' 上
以说^⑧王公大人，下以驵^⑨百姓之从事，
故执有命者不仁。故当执有命者之言，
不可不明辨。"

然则明辨此之说，将奈何哉？子
墨子言曰："必立仪^⑩，言而毋仪，譬犹
运钧^⑪之上而立朝夕^⑫者也，是非利害之
辨，不可得而明知也。故言必有三表^⑬。"

何谓三表？子墨子言曰："有本^⑭之者，
有原^⑮之者，有用之者。于何本之？上

---

⑥夭：短命早死。 ⑦强：尽力，勉力。 ⑧说：游说，劝说。 ⑨驵：通
"阻"，阻挡。 ⑩仪：标准，准则。 ⑪运钧：制作陶器时用的一种不
断旋转的器具，俗称转轮。 ⑫朝夕：确定东西方向。 ⑬表：标准，
准则。 ⑭本：考求事物的来源。 ⑮原：推求事物的本原。

本之于古者圣王之事。于何原之？下

原察百姓耳目之实。于何用之？废⑯以

为刑政，观其中国家百姓人民之利。

此所谓言有三表也。"

选自《非命上》

---

⑯废：通"发"，拿来实际使用。

5

《孟子》二则 ★

一

今夫弈①之为数②，小数也；不专心致志，则不得也。弈秋，通国③之善弈者也。使弈秋诲④二人弈，其一人专心致志，惟弈秋之为听。一人虽听之，一心以为有鸿鹄将至，思援⑤弓缴⑥而射之，虽与之俱学，弗若之矣。为是其智弗若与？曰：非然也。

选自《告子章句上》

---

①弈：下棋。　②数：技艺。　③通国：全国。　④诲：教。　⑤援：取。
⑥缴：系着丝线的箭。

二

孟子曰："君子有三乐，而王⑦天下不与存焉。父母俱存，兄弟无故⑧，一乐也；仰不愧于天，俯不怍⑨于人，二乐也；得天下英才而教育之，三乐也。君子有三乐，而王天下不与存焉。"

选自《尽心 章句上》

---

⑦王：统治，称王。 ⑧故：事故，灾难。 ⑨怍：惭愧。

6

《庄子》一则

秋水时^①至，百川灌河。泾流^②之大，两涘^③渚崖^④之间，不辩牛马。于是焉河伯欣然自喜，以天下之美为尽在己。顺流而东行，至于北海，东面^⑤而视，不见水端^⑥，于是焉河伯始旋其面目，望洋^⑦向若而叹曰："野语^⑧有之曰，'闻道百，以为莫己若^⑨者'，我之谓也。且夫我尝闻少^⑩仲尼之闻，而轻伯夷之

---

①时：按时，依照季节规律。 ②泾流：水流。 ③涘：河岸。 ④渚崖：小洲的边沿。 ⑤面：面向。 ⑥水端：海水的尽头。 ⑦望洋：茫然抬头的样子。 ⑧野语：俗语。 ⑨莫己若：即"莫若己"，没有谁比得上自己。 ⑩少：以……为少，贬低。

6

义者，始吾弗信；今我睹子之难穷也，

吾非至于子之门，则殆矣。吾长⑪见笑

于大方⑫之家。"

北海若曰："井蛙不可以语于海者，

拘⑬于虚⑭也；夏虫不可以语于冰者，

笃⑮于时也；曲士⑯不可以语于道者，束

于教也。今尔出于崖涘，观于大海，乃

知尔丑⑰，尔将可与语大理⑱矣。"

选自《秋水第十七》

---

⑪长：长久。⑫方：道。⑬拘：限制，约束。⑭虚：指住地。⑮笃：专守，
引申为局限、限制。 ⑯曲士：见识浅陋的人。 ⑰丑：鄙陋，浅薄。
⑱大理：根本的道理。

7

《国语》一则

叔向见韩宣子，宣子忧①贫，叔向贺之。宣子曰："吾有卿②之名，而无其实，无以从③二三子④，吾是以忧，子贺我何故？"对曰："昔栾武子无一卒⑤之田，其宫⑥不备其宗器⑦，宣其德行，顺其宪则，使越⑧于诸侯。诸侯亲之，戎狄怀之，以正晋国。行刑不疚⑨，以免于难。及桓子骄泰奢侈，贪欲无艺⑩，

①忧：担忧，忧虑。 ②卿：古代朝廷高级官员。 ③从：跟随，这里指给手下或同事赠送财物。 ④二三子：诸君。 ⑤卒：百户为卒。 ⑥宫：居室。 ⑦宗器：宗庙祭器。 ⑧越：指声名远播。 ⑨疚：病。这里指受人谴责。 ⑩无艺：无极，无厌。

略则^⑪行志，假贷居贿，宜及于难，而赖武之德，以没^⑫其身。及怀子改桓之行，而修武之德，可以免于难，而离^⑬桓之罪，以亡^⑭于楚。夫郤昭子，其富半公室，其家半三军，恃其富宠，以泰^⑮于国。其身尸^⑯于朝，其宗灭于绛。不然，夫八郤五大夫三卿，其宠大矣，一朝而灭，莫之哀也，唯无德也。今吾子有栾武子之贫，吾以为能^⑰其德矣，是以贺。若不忧德之不建，而患货之不足，将吊^⑱不暇，何贺之有？"宣子拜，

---

⑪略则：违犯法规。　⑫没：指正常的死亡。　⑬离：通"罹"，遭受。
⑭亡：逃奔。　⑮泰：奢侈。　⑯尸：陈尸示众。　⑰能：指能实行。
⑱吊：哀悼，凭吊。

稽首^⑲焉，曰："起也将亡，赖子存之，非起也敢专承^⑳之，其自桓叔以下，嘉^㉑吾子之赐。"

选自《晋语八》

---

⑲稽首：古代跪拜礼，头叩至地。　⑳专承：一人独自承受教诲。

㉑嘉：善。这里是感激的意思。

《礼记》一则

诚者，天之道也；诚之①者，人之道也。诚者不勉而中，不思而得，从容中道，圣人也。诚之者，择善而固执②之者也。博学之，审问③之，慎思之，明辨④之，笃行⑤之。有弗学，学之，弗能弗措⑥也；有弗问，问之，弗知弗措也；有弗思，思之，弗得弗措也；有弗辨，辨之，弗明弗措也；有弗

---

①诚之：使自身变得诚实。　②固执：牢固地掌握。　③审问：审慎地询问。　④明辨：明晰地分辨。　⑤笃行：忠实地履行。
⑥弗措：不停止。

行，行之，弗笃弗措也。人一能之，己百之；人十能之，己千之。果能此道矣，虽愚必明，虽柔必强。

选自《中庸》

9

《报任少卿书》节选

司马迁

夫人情莫不贪生恶死，念亲戚，顾妻子，至激于义理者不然，乃有不得已也。今仆不幸，蚤①失二亲，无兄弟之亲，独身孤立，少卿视仆于妻子何如哉？且勇者不必死节，怯夫慕义，何处不勉焉！仆虽怯耎②欲苟活，亦颇识去就之分③矣，何至自沉溺缧绁④之辱哉！且夫臧获婢妾⑤犹能引决⑥，况若

①蚤：通"早"。 ②耎：弱。 ③去就之分：何去何从的分辨。 ④缧绁：捆绑犯人的黑绳索，借指监狱。 ⑤臧获婢妾：泛指地位低贱的男女奴仆。 ⑥引决：指不能忍受羞辱而自杀。

仆之不得已乎？所以隐忍苟活，函⑦粪
土之中⑧而不辞者，恨⑨私心有所不尽，
鄙陋⑩没世而文采不表于后也。

古者富贵而名摩⑪灭，不可胜记，
唯倜傥⑫非常之人称焉。盖西伯拘而
演⑬《周易》；仲尼厄⑭而作《春秋》；
屈原放逐，乃赋《离骚》；左丘失明，
厥⑮有《国语》；孙子膑脚⑯，《兵法》修
列⑰；不韦迁蜀，世传《吕览》；韩非囚
秦，《说难》《孤愤》；《诗》三百篇，大

---

⑦函：陷入。　⑧粪土之中：指污秽的牢狱之中。　⑨恨：遗憾。
⑩鄙陋：平庸无知。　⑪摩：通"磨"。　⑫倜傥：卓越，特出。　⑬演：推
演。　⑭厄：受灾难，困顿。　⑮厥：句首语气词。　⑯膑脚：古代一
种酷刑，挖掉膝盖骨。　⑰修列：编写整理。

9

dǐ xián shèng fā fèn zhī suǒ wéi zuò yě cǐ rén jiē yì yǒu
氐⑱贤圣发愤之所为作也。此人皆意有

suǒ yù jié bù dé tōng qí dào gù shù wǎng shì sī
所郁结⑲，不得通其道，故述往事、思

lái zhě jí rú zuǒ qiū wú mù sūn zǐ duàn zú zhōng
来者。及如左丘无目，孙子断足，终

bù kě yòng tuì lùn shū cè yǐ shū qí fèn sī chuí kōng
不可用，退论书策以舒⑳其愤，思垂㉑空

wén yǐ zì xiàn pú qiè bú xùn jìn zì tuō yú wú néng
文以自见。仆窃不逊，近自托于无能

zhī cí wǎng luó tiān xià fàng shī jiù wén kǎo zhī xíng shì
之辞，网罗天下放失旧闻，考之行事，

jī qí chéng bài xīng huài zhī lǐ fán bǎi sān shí piān
稽㉒其成败兴坏之理……凡百三十篇。

yì yù yǐ jiū tiān rén zhī jì tōng gǔ jīn zhī biàn chéng
亦欲以究㉓天人之际㉔，通古今之变，成

yì jiā zhī yán cǎo chuàng wèi jiù shì huì cǐ huò xī
一家之言。草创未就，适会㉕此祸，惜

qí bù chéng shì yǐ jiù jí xíng ér wú yùn sè pú chéng
其不成，是以就极刑而无愠色㉖。仆诚

yǐ zhù cǐ shū cáng zhī míng shān chuán zhī qí rén tōng
已著此书，藏之名山，传之其人，通

---

⑱大氐：大抵，大概。 ⑲郁结：忧郁苦闷。 ⑳舒：抒发。 ㉑垂：流
传。 ㉒稽：考察。㉓究：探讨，探究。㉔际：相互关系。㉕会：碰上，
遇到。 ㉖愠色：怨恨的表情。

邑大都，则仆偿前辱之责㉗，虽万被㉘戮，岂有悔哉！然此可为智者道，难为俗人言也！

且负下㉙未易居，下流㉚多谤议。仆以口语㉛遇遭此祸，重㉜为乡党㉝戮㉞笑，污辱先人，亦何面目复上父母之丘墓乎？虽累㉟百世，垢弥甚耳！是以肠一日而九回，居㊱则忽忽若有所亡㊲，出则不知所如往。每念斯耻，汗未尝不发背㊳沾衣也！身直㊴为闺阁之臣㊵，宁得

㉗责：通"债"。 ㉘被：遭受。 ㉙负下：担负着侮辱之名。 ㉚下流：地位低下的人。 ㉛口语：言论。 ㉜重：严重。 ㉝乡党：邻里。 ㉞戮：羞辱。 ㉟累：累积。 ㊱居：平常在家。 ㊲亡：丢失。 ㊳发背：从背上流出来。 ㊴直：只，仅仅。 ㊵闺阁之臣：指宦官。

9

zì yǐn shēn cáng yú yán xué yé gù qiě cóng sú fú chén
自引^㊶深藏于岩穴^㊷邪？故且从俗浮沉，

yǔ shí fǔ yǎng yǐ tōng qí kuáng huò jīn shào qīng nǎi jiào
与时俯仰，以通^㊸其狂惑^㊹。今少卿乃教

yǐ tuī xián jìn shì wú nǎi yǔ pú zhī sī zhǐ miù hū
以推贤进士，无乃与仆之私指^㊺谬^㊻乎？

㊶引：引身退却。 ㊷深藏于岩穴：指过隐士生活。 ㊸通：使……发泄出来。 ㊹惑：指内心的愤懑。 ㊺指：通"旨"，意。 ㊻谬：错误，相悖。

座右铭
zuò yòu míng

崔 瑗
cuī yuàn

无道人之短，无说己之长。施人慎
wú dào rén zhī duǎn　wú shuō jǐ zhī cháng　shī rén shèn

勿念，受施①慎勿忘。世誉②不足慕，唯
wù niàn　shòu shī shèn wù wàng　shì yù bù zú mù　wéi

仁为纪纲③。隐心④而后动，谤议庸⑤何
rén wéi jì gāng　yǐn xīn ér hòu dòng　bàng yì yōng hé

伤？无使名过实，守愚圣所臧⑥。在
shāng　wú shǐ míng guò shí　shǒu yú shèng suǒ zāng　zài

涅⑦贵不淄⑧，暧暧⑨内含光。柔弱生之
niè guì bù zī　ài ài nèi hán guāng　róu ruò shēng zhī

徒，老氏诫刚强。行行⑩鄙夫志⑪，悠
tú　lǎo shì jiè gāng qiáng　hàng hàng bǐ fū zhì　yōu

悠故难量。慎言节饮食，知足胜不祥。
yōu gù nán liáng　shèn yán jié yǐn shí　zhī zú shèng bù xiáng

行之苟有恒，久久自芬芳。
xíng zhī gǒu yǒu héng　jiǔ jiǔ zì fēn fāng

---

①施：施舍。 ②世誉：世俗的荣誉。 ③纪纲：纲纪，指约束言行的规则。 ④隐心：估量。 ⑤庸：岂，哪里。 ⑥臧：赞扬，褒奖。 ⑦涅：一种矿物，可作黑色染料。 ⑧淄：黑色，变为黑色。 ⑨暧暧：昏暗不明的样子。 ⑩行行：刚强的样子。 ⑪鄙夫志：耿介，不能灵活变通。

11

《四书章句集注》一则

朱 熹

所谓致知①在格物②者，言欲致吾之知，在即物③而穷④其理也。盖人心之灵莫不有知，而天下之物莫不有理，惟于理有未穷⑤，故其知有不尽也。是以《大学》始教，必使学者即凡天下之物，莫不因其已知之理而益穷之，以求至乎其极⑥。至于用力之久，而一旦豁然⑦贯通焉，则众物之表里精粗无不

---

①致知:获得知识。 ②格物:明辨,穷究事物的道理。 ③即物:根据事物。 ④穷:穷究,彻底研究。 ⑤未穷:未穷尽,未彻底。
⑥极:终极。 ⑦豁然:敞亮、明白的样子。

dào　　　ér　wú　xīn　zhī　quán　tǐ　dà　yòng　wú　bù　míng　yǐ　　　cǐ
到，而吾心之全体大用无不明矣。此

wèi　wù　gé　　　cǐ　wèi　zhī　zhī　zhì　yě
谓物格，此谓知之至⑧也。

xuǎn zì　　dà xué zhāng jù
选自《大学 章句》

⑧至：达到极点。

12

黄生借书说

袁枚

黄生允修借书，随园主人授①以书，而告之曰：书非借不能读也。子不闻藏书者乎？《七略》、四库，天子之书，然天子读书者有几？汗牛塞屋，富贵家之书，然富贵人读书者有几？其他祖父积、子孙弃者，无论②焉。非独书为然，天下物皆然。非夫人之物而强假③焉，必虑④人逼取，而惴惴⑤焉，摩玩⑥之不已，曰：今日存，明日去，吾不得

---

①授：给予。 ②无论：不用说。 ③假：借。 ④虑：担心。 ⑤惴惴：提心吊胆、忧心惧怕的样子。 ⑥摩玩：观摩玩赏。

ér jiàn zhī yǐ　ruò yè wéi wú suǒ yǒu　bì gāo shù yān
而见之矣。若业⑦为吾所有，必高束⑧焉，

guǐ cáng yān　yuē　gū sì yì rì guān yún ěr
庋⑨藏焉，曰：姑俟异日观云尔。

yú yòu hào shū　jiā pín nán zhì　yǒu zhāng shì cáng
余幼好书，家贫难致⑩。有张氏藏

shū shèn fù　wǎng jiè bù yǔ　guī ér xíng zhū mèng　qí
书甚富，往借不与，归而形诸梦。其

qiè rú shì　gù yǒu suǒ lǎn　zhé xǐng jì　tōng jí hòu
切⑪如是。故有所览，辄省记⑫。通籍⑬后，

fèng qù shū lái　luò luò dà mǎn　sù yín huī sī　shí
俸去书来，落落⑭大满，素蟫⑮灰丝，时

méng juàn zhóu　rán hòu tàn jiè zhě zhī yòng xīn zhuān　ér shào
蒙卷轴。然后叹借者之用心专，而少

shí zhī suì yuè wéi kě xī yě
时之岁月为可惜也。

jīn huáng shēng pín lèi yú　qí jiè shū yì lèi yú
今黄生贫类予，其借书亦类予。

wéi yú zhī gōng shū yǔ zhāng shì zhī lìn shū ruò bù xiāng lèi
惟予之公⑯书与张氏之吝书若不相类。

⑦业：已经。　⑧束：包裹起来闲放在一边。　⑨庋：置放，收藏。
⑩致：获得。　⑪切：迫切。　⑫省记：记忆。　⑬通籍：朝廷有了名籍，
指做官。　⑭落落：繁多而连续不断的样子。　⑮蟫：一种咬衣服、
书籍的蛀虫。　⑯公：让书使大家公用。

12

然则予固不幸而遇张乎？生固幸而遇予乎？知幸与不幸，则其读书也必专，而其归书也必速。为一说，使与书俱。

shī jīng　yì shǒu
《诗经》一首★

jìng nǚ
静 女

jìng nǚ qí shū　　　sì wǒ yú chéng yú
静女①其姝②，俟③我于城隅。

ài ér bú jiàn　　sāo shǒu chí chú
爱④而不见，搔首踟蹰⑤。

jìng nǚ qí luán　　yí wǒ tóng guǎn
静女其娈⑥，贻⑦我彤管⑧。

tóng guǎn yǒu wěi　　yuè yì rǔ měi
彤管有炜⑨，说⑩怿⑪女⑫美。

zì mù kuì tí　　xún měi qiě yì
自牧⑬归⑭荑⑮，洵⑯美且异。

fēi rǔ zhī wéi měi　　měi rén zhī yí
匪⑰女之为美，美人之贻⑱。

xuǎn zì　guó fēng　bèi fēng
选自《国风·邶风》

①静女:贞静娴雅的女子。　②姝:美丽,美好。　③俟:等待。
④爱:通"薆",隐蔽,隐藏。　⑤踟蹰:走来走去的样子。　⑥娈:美
好,姣好。　⑦贻:赠送。　⑧彤管:红色管状的嫩草梗。　⑨炜:鲜明,
有光泽。　⑩说:即"悦",喜悦,喜爱。　⑪怿:喜悦,高兴。　⑫女:同
"汝",你。　⑬牧:野外。　⑭归:通"馈",赠。　⑮荑:一种初生茅草,
指"彤管"。　⑯洵:实在,确实。　⑰匪:即"非"。　⑱贻:赠与。

橘　颂
屈　原

后皇嘉树，橘徕①服②兮。

受命③不迁，生南国兮。

深固难徙，更壹志兮。

绿叶素荣④，纷⑤其可喜兮。

曾⑥枝剡⑦棘，圆果抟⑧兮。

青黄杂糅，文章⑨烂⑩兮。

精色⑪内白⑫，类⑬可任⑭兮。

---

①徕：即"来"。　②服：适应，习惯。指服习南国水土。　③受命：秉承天命，生来，禀性。④荣：花朵。⑤纷：茂盛的样子。⑥曾：通"层"，重叠。　⑦剡：尖利。　⑧抟：圆圆的。　⑨文章：文采。　⑩烂：色彩鲜明灿烂。　⑪精色：指橘子外表皮色赤黄明亮。　⑫内白：指橘实内部瓤肉色泽洁白。　⑬类：类似，好像。　⑭任：承担，担任，肩负。

　　fēn yūn yí⑮ xiū　　kuā⑯ ér bù chǒu xī
　　纷缊宜⑮修，　　　　夸⑯而不丑兮。

　　jiē ěr yòu zhì　　yǒu yǐ yì xī
　　嗟尔幼志，　　　有以异兮。

　　dú lì bù qiān　　qǐ bù kě xǐ xī
　　独立不迁，　　　岂不可喜兮。

　　shēn gù nán xǐ　　kuò⑰ qí wú qiú xī
　　深固难徙，　　　廓⑰其无求兮。

　　sū⑱ shì dú lì　　héng⑲ ér bù liú xī
　　苏⑱世独立，　　横⑲而不流兮。

　　bì xīn⑳ zì shèn　　zhōng bù shī guò xī
　　闭心⑳自慎，　　终不失过兮。

　　bǐng dé wú sī　　cān tiān dì㉑ xī
　　秉德无私，　　　参天地㉑兮。

　　yuàn suì bìng xiè㉒　　yǔ cháng yǒu xī
　　愿岁并谢㉒，　　　与长友兮。

　　shū lí bù yín　　gěng㉓ qí yǒu lǐ xī
　　淑离不淫，　　　梗㉓其有理兮。

---

⑮宜：适宜，恰当。　⑯夸：美好，俊俏。　⑰廓：广大，空阔，心胸旷达。　⑱苏：醒悟，清醒。　⑲横：横绝，指特立独行的性格。　⑳闭心：封闭内心。指没有身外的欲求。　㉑参天地：与天地并列。指与天地共存。　㉒谢：逝去，消失。　㉓梗：正直，指枝干。

nián suì suī shào　　kě shī zhǎng　xī
年岁虽少，可师长㉔兮。

xíng bǐ bó yí　　zhì yǐ wéi xiàng　xī
行比伯夷，置以为像㉕兮。

_____

㉔师长：作为师长对待。　㉕像：表率，榜样。

龟虽寿 ★
guī suī shòu

曹 操
cáo cāo

shén guī suī shòu　　yóu yǒu jìng shí
神龟虽寿，犹有竟①时。

téng shé chéng wù　　zhōng wéi tǔ huī
腾蛇乘雾，终为土灰。

lǎo jì fú lì　　zhì zài qiān lǐ
老骥②伏③枥④，志在千里。

liè shì mù nián　　zhuàng xīn bù yǐ
烈士⑤暮年，壮心不已。

yíng suō zhī qī　　bú dàn zài tiān
盈缩之期，不但⑥在天。

yǎng yí zhī fú　　kě dé yǒng nián
养怡⑦之福，可得永年⑧。

xìng shèn zhì zāi　　gē yǐ yǒng zhì
幸⑨甚至哉，歌以咏志。

---

①竟：终结。　②骥：千里马。　③伏：趴，卧。　④枥：马槽。　⑤烈士：指有雄心壮志的人。　⑥但：仅，只。　⑦养怡：保养身心安适愉快。　⑧永年：长寿，活得长。　⑨幸：庆幸。

《归园田居》其一 ★

陶渊明

少无适俗韵①，性本爱丘山。

误落尘网②中，一去三十年。

羁鸟③恋旧林，池鱼思故渊④。

开荒南野⑤际，守拙⑥归园田。

方⑦宅十余亩，草屋八九间。

榆柳荫⑧后檐，桃李罗⑨堂前。

暧暧⑩远人村，依依⑪墟里⑫烟。

---

①韵：气韵，风度。　②尘网：世俗的种种束缚，此处指仕途。
③羁鸟：关在笼子里的鸟。　④渊：深水。　⑤南野：南面的田野。一作"南亩"，指农田。　⑥守拙：保持朴拙，此处意为保持正直。　⑦方：旁。　⑧荫：遮蔽。　⑨罗：罗列。　⑩暧暧：昏暗不明的样子。　⑪依依：轻柔而飘扬不绝的样子。　⑫墟里：村落。

gǒu fèi shēn xiàng zhōng　　jī míng sāng shù diān
狗吠深巷中，鸡鸣桑树颠。

hù tíng wú chén zá⑭　　xū shì yǒu yú xián
户庭⑬无尘杂⑭，虚室⑮有余闲。

jiǔ zài fán lóng lǐ　　fù dé fǎn zì rán
久在樊笼里，复得返自然。

⑬户庭：门户庭院。　⑭尘杂：世俗杂事。　⑮虚室：空室。

liáng zhōu cí　　qí yī
《凉州词》其一★

wáng hàn
王 翰

pú táo měi jiǔ yè guāng bēi
葡萄美酒夜光杯①,

yù yǐn pí pá mǎ shàng cuī
欲②饮琵琶马上催③。

zuì wò shā chǎng jūn mò xiào
醉卧沙场④君莫笑,

gǔ lái zhēng zhàn jǐ rén huí
古来征战⑤几人回。

---

①夜光杯:用白玉制成的酒杯,光可照明,这里指华贵而精美的酒杯。 ②欲:将要。 ③催:催促。 ④沙场:平坦空旷的沙地,古时多指战场。 ⑤征战:打仗。

niǎo míng jiàn
鸟鸣涧 ★

wáng　　wéi
王　维

rén xián guì huā luò　　　yè jìng chūn shān kōng
人闲桂花落，夜静春山①空。

yuè chū jīng shān niǎo　　shí míng chūn jiàn zhōng
月出惊山鸟，时②鸣春涧中。

---

①春山：春日的山。亦指春日山中。　②时：时而，偶尔。

19

枫桥夜泊①★

张继

月落乌啼霜满天，

江枫渔火②对愁眠。

姑苏城外寒山寺，

夜半钟声到客船。

---

①泊：停船靠岸。　②渔火：打鱼的人点的灯火。

游子①吟 ★

孟 郊

慈母手中线，游子身上衣。

临②行密密缝，意恐迟迟归。

谁言寸草心③，报得④三春晖⑤。

---

①游子:出门在外的人。 ②临:将要。 ③寸草心:小小的草心,比喻游子心。 ④报得:报答。 ⑤三春晖:春天的阳光,比喻母亲对游子的爱。

无题

李商隐

相见时难别亦难，
东风无力百花残。
春蚕到死丝方尽，
蜡炬成灰泪始干。
晓镜但愁云鬓改，
夜吟应觉月光寒。
蓬山此去无多路，
青鸟殷勤为探看。

①东风：春风。 ②残：凋零。 ③蜡炬：蜡烛。 ④泪：蜡油。喻指因思念忧愁而流泪。 ⑤镜：照镜子。 ⑥蓬山：指蓬莱仙山。 ⑦青鸟：比喻传递消息的人。 ⑧殷勤：情谊恳切深厚。 ⑨探看：探望。

摊破浣溪沙

李璟

菡萏①香销翠叶残，西风愁起②绿波间。还与韶光③共憔悴，不堪看！

细雨梦回鸡塞远，小楼吹彻④玉笙寒。多少泪珠何限恨，倚阑干。

---

①菡萏：荷花。　②愁起：荷花残败，香气散尽，荷叶凋零，深秋的西风吹来了万顷绿波的愁思。以花叶凋零，故曰"愁起"。　③韶光：美好的时光。　④吹彻：吹到最后一曲。

盐角儿·亳社观梅

晁补之

开时似雪，谢时似雪，花中奇绝。

香非在蕊①，香非在萼②，骨中香彻。

占溪风，留溪月。堪③羞损、山桃

如血。直饶④更、疏疏淡淡，终有一般

情别。

---

①蕊：花心。 ②萼：花瓣下的叶状薄片。 ③堪：可以，能够。

④饶：纵然，即使。

小 池 ★

杨 万 里

泉眼①无声惜细流，

树阴照水爱晴柔②。

小荷才露尖尖角③，

早有蜻蜓立上头。

---

①泉眼：泉水的出口。 ②晴柔：指晴空柔风，春风。 ③尖尖角：初出水端还没有舒展的荷叶尖端。

卜算子·咏梅

陆游

驿①外断桥边，寂寞开无主。已是黄昏独自愁，更著②风和雨。

无意苦争春，一任③群芳④妒。零落成泥碾⑤作尘，只有香如故。

①驿：古代交通驿站。②著：即"着"，遭受。③一任：任凭，任随。一，全，完全。④群芳：指各种别的花卉。⑤碾：轧碎。

念奴娇·登石头城

萨都剌

石头城上，望天低吴楚，眼空无物。指点六朝形胜①地，惟有青山如壁。蔽日旌旗②，连云樯橹③，白骨纷如雪。一江南北，消磨多少豪杰。

寂寞避暑离宫④，东风辇路⑤，芳草年年发。落日无人松径⑥里，鬼火高低明灭⑦。歌舞尊⑧前，繁华⑨镜里，暗换

①形胜：地势优越壮美。　②旌旗：泛指旗帜。　③樯橹：桅杆和划船工具，这里代指战船。　④离宫：皇帝在京城以外的宫室。　⑤辇路：宫殿楼阁间的通道。　⑥松径：松林间小路。　⑦明灭：忽隐忽现。　⑧尊：即"樽"，酒杯。　⑨繁华：鲜花盛开，喻青春美丽。

青青发⑩。伤心千古，秦淮一片明月。

---

⑩青青发：乌黑的头发。

金缕曲·赠梁汾
jīn lǚ qǔ · zèng liáng fén

纳兰性德
nà lán xìng dé

德也狂生耳。偶然间、淄尘①京
dé yě kuáng shēng ěr　ǒu rán jiān　zī chén jīng

国，乌衣②门第。有酒惟浇③赵州土，谁
guó　wū yī mén dì　yǒu jiǔ wéi jiāo zhào zhōu tǔ　shuí

会④成生此意。不信道、遂成知己。
huì chéng shēng cǐ yì　bú xìn dào　suì chéng zhī jǐ

青眼⑤高歌俱未老，向樽前、拭尽英雄
qīng yǎn gāo gē jù wèi lǎo　xiàng zūn qián　shì jìn yīng xióng

泪。君不见，月如水。
lèi　jūn bú jiàn　yuè rú shuǐ

共君此夜须沉醉。且由他、娥眉⑥
gòng jūn cǐ yè xū chén zuì　qiě yóu tā　é méi

谣诼⑦，古今同忌⑧。身世悠悠何足问，
yáo zhuó　gǔ jīn tóng jì　shēn shì yōu yōu hé zú wèn

冷笑置之而已。寻思起、从头翻悔。一
lěng xiào zhì zhī ér yǐ　xún sī qǐ　cóng tóu fān huǐ　yí

---

①淄尘:黑色尘土,比喻世俗污垢。　②乌衣:指贵族豪门。　③浇:浇酒祭祀。　④会:理解。　⑤青眼:指青春年少。　⑥娥眉:指美女,这里喻正直有才德的人。⑦谣诼:造谣毁谤。⑧忌:语助词,无实义。

日心期^⑨千劫在，后身缘、恐结他生里。然诺^⑩重，君须记。

---

⑨心期：以心相期,深交。　⑩然诺：指信誉。

《论语》三章

题　解

　　《论语》是儒家经典之一，记孔子的言行、答弟子问及弟子们的谈话，是研究孔子思想及儒家学说的重要资料，由孔子的弟子及再传弟子编订。本书所选三章，讲的是怎样做君子和怎样行仁道，这是《论语》中谈及较多的话题。

作　者

　　孔子，名丘，字仲尼，春秋末期鲁国人。他是著名的思想家和教育家，开办私学，有教无类，广收门徒，弟子甚众。在长期的教育教学实践中，他总结出了行之有效的方法；为了教学的需要，他整理、编订了《诗》《书》《礼》《乐》《易》《春秋》，成为我们民族文化的经典；他与弟子的谈话，展现了做人的智慧，成为修身的指引。他的思想对中国及世界都有影响，被誉为"万世师表"。

注　释

质胜文则野：质朴多于文采，就会粗野。
文质彬彬：文采和质朴配合恰当。

君子坦荡荡：君子胸怀平坦宽广。

小人长戚戚：小人经常局促忧愁。

仲弓：孔子的学生冉雍。

使民如承大祭：役使百姓时，如同承担重大祭典那样慎重。

己所不欲，勿施于人：自己不想要的，不要强加给别人。

在邦无怨，在家无怨：无论做诸侯国的臣子，还是做家臣，都毫无怨言。

请事斯语：请让我按这话去做吧！

《老子》二章

题 解

　　《老子》又名《道德经》，全书五千余字，是道家、道教的精神纲领，也是迄今被译成外文最多的中国古代哲学经典。本书所选两章，表明了老子对世界、对大道的认识。老子认为道是宇宙的起源。她就像母亲一样，孕育着自然万物；她无色无味也无形，甚至说不清道不明，但却无所不在。

作 者

　　老子，姓李，名耳，字伯阳，一说为老聃，传说为春秋时楚国人。曾在周朝做掌管藏书的史官。相传老子见周室衰微，决意离开，行至函谷关时，关令尹喜对老子说："子将隐矣，强为我著书。"于是，老子在留下了洋洋洒洒的五千言后扬长而去，不知其所终。老子是道家学派的开创者。东汉以来，被道教尊为教主。

注 释

后其身而身先：指圣人甘居人后结果反而领先。

外其身而身存：指圣人把自身置之度外反而能保全生命。

故能成其私：因无私而能成就自身。

有物混成：有个浑然一体的存在。

寂兮寥兮：寂静啊，空虚啊。

独立而不改：独立自在，永不改变。

周行而不殆：循环运行，永不停息。

天地母：天地万物的根源。

大曰逝：广大无边而无限飞逝。

逝曰远：无限飞逝而至于遥远。

远曰反：至于遥远而返回本源。

《管子》一则

题　解

　　《管子》相传为春秋时期管仲所著，实为后人托名之作，但也包含了管仲的某些思想。该书内容丰富，含有儒、道、法等学派的思想以及天文、地理等方面的知识。本篇讲弟子事师、受业的容止进退，类似后世的学生守则。

作　者

　　管子，姬姓，名夷吾，字仲，春秋时齐国相。著名经济学家、哲学家、政治家、军事家。他辅佐齐桓公，对内大兴改革，富国强兵；对外尊王攘夷，九合诸侯，一匡天下，使之成为春秋时期的霸主。他在政治、经济、外交、军事方面都颇有建树，得到了孔子、诸葛亮、房玄龄等人的高度赞誉。

注　释

　　先生施教，弟子是则：先生施行的教诲，弟子要当成规范来遵循。

　　温恭自虚，所受是极：文雅谦恭而自怀虚心，最大限度地接受和实行老师所教的内容。一说凡是老师所传授的，都应该深求其本源。

　　闻义则服：见到合义的事就身体力行。

　　毋骄恃力：不要骄横而依仗蛮力。

　　志毋虚邪：心志不要虚伪不正。

　　游居有常：外出或在家都要遵守常规。

　　必就有德：一定要接近品德高尚的人。

　　中心必式：内心一定要诚敬合乎规范。

　　一此不懈：专心遵守这些规则而不懈怠。

《墨子》一则

题　解

　　《墨子》是由墨子自著和弟子关于墨子的言行记录所编纂的著作，集中反映了墨家的政治思想主张。汉代时全书有七十一篇，今存五十三篇。书中主张兼爱、非攻、非乐、尚贤、节用、节葬等，同时也记载了许多科学成果。《墨子》的文章质朴而富有逻辑性，善于运用比喻说理。本书节选的内容，表明了墨子"非命"即反对命定思想，提出"三表"以说明"有命"论的荒谬和弊言。

作　者

　　墨子，名翟，战国时期鲁国人。早年在鲁国接受儒学教育，但因不满儒家学说而另创墨家学派。他提出了"兼爱""非攻""尚贤""尚同""天志""明鬼""非命""非乐""节葬""节用"等观点，在先秦产兰很大影响，与儒家学派同为显学。

注　释

子墨子：墨子弟子对墨子的敬称。

为政国家者：在诸侯或士大夫领地执政的人。

本失其所欲：从根本上丧失了他所想得到的。

得其所恶：得到他所讨厌的。

杂于民间者众：杂处于平民百姓中的有很多。

命虽强劲何益哉：天命已经决定了，即使人为地非常努力又有什么用呢？

上以说王公大人：主张有天命的人用来向上游说王公大人。

下以驵百姓之从事：对下拿天命阻止百姓努力从事各项活动。

当执有命者之言：对待主张有天命的人所说的话。

必立仪：必须订立准则。

言而毋仪：说话没有准则。

运钧之上而立朝夕者：在转轮上快速旋转又要确定东西方向。

言必有三表：言论必须有三条标准。

上本之于古者圣王之事：对上考察古代圣王的事迹。

下原察百姓耳目之实：对下推求老百姓实际看到和听到的情况。

废以为刑政：把上述实际情况拿来实用，放到刑法政令之中。

观其中国家百姓人民之利：观察这中间国家、百姓的实际利益。

《孟子》二则

题 解

　　《孟子》是儒家经典之一，记述了孟子游说各国和对弟子的问答，是研究孟子思想最主要的文献资料。全书共七篇，语言精准、富有气势，文理精密、论辩犀利。其主要内容含有仁政学说、性善论及天命论，对后世产生了巨大影响。本书所选二则主要反映了孟子的教育理念，成为后世常见的典故。

作 者

　　孟子，名轲，字子舆，邹人。战国时期思想家、教育家，是儒家学派仅次于孔子的代表人物，被称为"亚圣"。他受业于子思的门徒，继承和发展了孔子的学说，提出了人性本善的思想，强调通过存心养善的修养功夫，学以致圣。儒家学说也被称为"孔孟之道"。

注 释

弈之为数：下棋作为一种技艺。

通国之善弈者：全国中善于下围棋的人。

思援弓缴而射之：想着拿弓搭箭去射它。

虽与之俱学：虽然和另一个人一起学习。

为是其智弗若与：这难道是因为他的才智不如另一个人吗？

非然也：不是这样。

王天下不与存焉：统治天下不在其中。

兄弟无故：兄弟没有灾殃。

仰不愧于天，俯不怍于人：抬头无愧于天，低头无愧于人。

《庄子》一则

题　解

　　《庄子》又名《南华经》，是战国时期庄子及其后学的著述汇总，道家代表作之一。《庄子》想象奇幻，构思巧妙，文笔汪洋恣肆，富有浪漫主义风格，对中国历史与文化有着深远影响。本书所选出自《外篇·秋水》，通过河伯与海若的问答，倡导世人扩展思想视野，开阔个人心胸，避免贻笑大方。

作　者

　　庄子，名周，战国时期宋国蒙人。道家学派的重要代表之一。他不重物质欲望，追求精神自由，不应楚威王之聘，只做过宋国地方的漆园吏。他的想象力丰富，语言灵活多变，作品富于变化、自然奔放，被誉为"文学的哲学，哲学的文学"。

注　释

秋水时至：秋天的大水依照季节规律到来。

百川灌河：各条河水都注入黄河。

两涘渚崖之间，不辩牛马：从河的两岸到河中的小洲之间，连牛马这样大的动物都分辨不清。

河伯欣然自喜：河伯很高兴，便沾沾自喜。

河伯：黄河之神。

以天下之美为尽在己：认为天下所有美好的东西都在自己这里。

东面而视：面朝东边看。

河伯始旋其面目：河伯才改变了自得的脸色。

望洋向若而叹：抬头看着海，向海神叹息。

若：海神，即"北海若"。

野语有之：俗语中有这样的话。

闻道百，以为莫己若者：听到很多道理，就认为没有谁比得上自己。

我之谓也：说的就是我啊。

少仲尼之闻：认为孔子的学问不多。孔子，名丘，字仲尼。

轻伯夷之义：看不起伯夷的节操。伯夷，子姓，名允，商末孤竹国（今河北卢龙）人。商灭后，他耻食周粟，饿死于首阳山。

今我睹子之难穷：如今，我看到您的广大没有尽头。

吾非至于子之门，则殆矣：如果我不是来到您的门下，就危险了。

吾长见笑于大方之家：我将长期地被懂得大道的人所

耻笑。大方之家，指懂得大道的人。

井蛙不可以语于海：不能和井里的青蛙谈论大海。

拘于虚：受到所住地方的限制。

夏虫不可以语于冰：不能和夏天的虫子谈论冰。

笃于时：受到时节的限制。

曲士不可以语于道：不可以向孤陋寡闻的人谈论大道。

束于教：受到所受教育的限制。

尔将可与语大理：将可以和你探讨深刻的道理。

《国语》一则

题 解

　　《国语》是中国最早的国别史，包括《周语》《鲁语》《齐语》《晋语》《郑语》《楚语》《吴语》《越语》八个部分。其中《晋语》最多，有一百二十七条；《郑语》最少，只有两条。《国语》文辞淳厚浑朴，有很高的历史价值。

　　本书所选"叔向贺贫"出自《国语·晋语》：韩起忧虑贫困，太傅叔向引用晋国栾氏和郤氏两大家族的兴亡历史，认为富奢容易败坏德行而招致灾祸，所以反而向韩起道贺。文中表达了"君子忧道不忧贫"的观点。

作 者

　　关于《国语》的作者，司马迁认为是左丘明。但现代学者认为，《国语》是战国中叶某位不知名的史家依据春秋各国史料汇编而成。

注 释

叔向贺之：叔向向韩宣子表示祝贺。叔向，指羊舌肸，春秋时期晋国大夫。韩宣子，指韩起，春秋时期晋国卿大夫。

无以从二三子：无法与同事来往应酬。

昔栾武子无一卒之田：过去栾武子没有一百顷田地。

栾武子：栾书，晋厉公、悼公两朝正卿，谥号"武"。

一卒之田：即百顷田地。但按规定上卿应有一旅之田，即五百顷的俸禄。古制百人为卒，五百为旅。

其宫不备其宗器：他家里连祭祀宗庙的礼器也不齐全。

宣其德行：传播他的美好品德。

顺其宪则：遵守法纪。

越于诸侯：美好的名声传播到各诸侯国。

戎狄怀之：西戎、北狄等少数民族部落归附于他。

行刑不疚：执行刑罚，不受别人指责。

以免于难：因此在弑厉公之后能够躲避灾难。难，指栾武子弑厉公之事。

桓子：名黡，栾武子栾书嫡子。悼公时任大夫，后任下军元帅。

略则行志：违法乱纪，任性胡为。

假贷居贿：凭借自己的权势，聚积私财。

宜及于难：应该遭受灾难。

赖武之德，以没其身：凭靠其父栾武子的德业，平安地寿终正寝。武，即栾武子。

怀子：栾盈，栾黡之子。平公时任下军佐。晋平公六年，他因诬被逐，逃往楚国。三年后起兵失败被杀，栾氏被灭族。

离桓之罪：遭受其父桓子应得之罪。

郤昭子：指郤至，姬姓，步氏，名至，谥号"昭"，故称郤昭子。春秋时晋国卿大夫。

其富半公室：他的财富达到了晋国公室的一半。

其家半三军：晋国三军的将领中，他的家族占了一半。

恃其富宠，以泰于国：依仗富裕和宠幸，在晋国过着奢侈生活。

其宗灭于绛：他的宗族也在绛都被灭绝。绛，当时晋国的国都，在今山西翼城。

八郤：郤姓宗族的八人，即文中的五大夫三卿。

莫之哀：没有人哀怜他们。

唯无德也：就是因为他们没有德行。

将吊不暇，何贺之有：将表示哀吊都来不及，哪里还会有祝贺。

起也将亡：我韩起几乎要灭亡了。起，韩宣子，名起，这里是自称名。

赖子存之：全靠您保全了我。

非起也敢专承之：这不是我韩宣子一个人敢单独承受的。

其自桓叔以下，嘉吾子之赐：自我们祖先桓叔以下的世世代代，都要感激您的恩赐。桓叔，韩氏之祖。

《礼记》一则

题 解

　　《礼记》是儒家关于"礼"的经典著作之一，与《周礼》《仪礼》并称"三礼"。《礼记》又称《小戴礼记》，是由西汉戴圣编纂的先秦至秦汉时期共四十九篇解说《仪礼》的文献合辑。与枯燥难懂的《仪礼》不同，《礼记》不仅记载了许多生活中实用性较强的仪节，而且详尽地论述了各种典礼的意义和制礼的精神，并多格言警句，所以后来居上，取代《仪礼》成为"五经"之一。

　　本书所选出自《礼记·中庸》，讲述了人生天地之间，不仅要成就自身，还要成就他人的道理。完善自我是仁，成就他人是智，通过修行才能达到"至诚"的境界。

作 者

　　《礼记》是由西汉时期经学家戴圣编辑而成的，已是学界公论。具体到每一篇的作者是谁，一般都信从《汉书·艺文志》的说法，认为《礼记》是"七十子后学者所记也"。也就是说，《礼记》出自孔子弟子或再传弟子之手。本书所选出自《礼记·中庸》。《中庸》原是《礼记》第三十一篇，相传为子思即孔子之孙孔伋所作。

注　释

诚者，天之道也：诚实，是天赋德行。

诚之者，人之道也：使自身变得诚实，这是人应该遵循的原则。

诚者不勉而中：意诚的人，不必勉强费力，他为人处世适中合理。

从容中道：行为举止坚持中庸之道而符合常规法度。

择善而固执之：选择至善的道德而牢牢把握它。

审问之：详尽细密地探究事物的原理。

慎思之：谨慎细心地思考道理。

笃行之：坚决地去实践真理。

弗能弗措也：没弄清楚的问题不能放过。

人一能之，己百之：别人一次能做好，我做一百遍也会做好。

果能此道矣：如果真的能够按照这个道理去做。

虽愚必明：即便是愚笨的人，也一定会变得聪明。

虽柔必强：即便是软弱的人，也一定会变得刚强。

司马迁 《报任少卿书》节选

题 解

《报任少卿书》或题《报任安书》出自《文选》，是司马迁给朋友任安的回信。信中叙述了自己的志向与不幸，充满对遭受奇耻大辱的悲愤之情，也体现了自强不息的精神，表达了"就极刑而无愠色"和坚决完成《史记》创作的决心。此信因悲愤成文，言辞真切，百转千回，是我国古代书信体散文中的杰作。

作 者

司马迁，字子长，左冯翊夏阳（今陕西韩城）人。西汉著名的史学家、文学家和思想家。司马迁早在二十岁时，便离开首都长安遍踏名山大川，实地考察历史遗迹，了解到许多历史人物的逸闻轶事以及许多地方的民情风俗和经济生活。在汉武帝元封年间，司马迁接替父亲担任太史令，接续父亲的意愿继续修史。其间因替李陵辩护而被下狱，遭受宫刑，蒙受奇耻大辱。出狱后，他发愤著书，终于完成了中国历史上第一部纪传体通史《史记》。

注　释

人情莫不贪生恶死：人之常情，没有谁不贪图活命、厌恶死亡的。

顾妻子：顾念妻子儿女。

至激于义理者不然：至于被道义所激愤的人不是如此。

于妻子何如哉：对于妻子儿女又怎样呢？

勇者不必死节：勇敢的人不一定非要为气节而死。

怯夫慕义：怯懦的人要是仰慕节义。

何处不勉焉：哪里找不到可以勉励自己保持名节的地方呢？

欲苟活：想要苟且偷生。

颇识去就之分：也很明白舍生就义的道理。

自沉溺缧绁之辱：自己陷于被囚禁的困辱之中。

犹能引决：尚且还能下决心自杀。

隐忍苟活：痛心地忍受耻辱而苟且偷生。

函粪土之中而不辞：置身在肮脏的监狱中而不自裁。

恨私心有所不尽：遗憾的是我的心愿未了。

鄙陋没世：屈辱无闻地死去。

文采不表于后：文章不能流传于后世。

唯倜傥非常之人称焉：只有卓越不平常的人物才能受到后人的称道。

西伯拘而演《周易》：周文王被拘禁而推演出《周易》。西伯，本指西方诸侯之长。因商王任命周文王为西伯，后专指周文王。

仲尼厄而作《春秋》：孔子遭受困厄而写出了《春秋》。仲尼，孔子，名丘，字仲尼。

屈原放逐，乃赋《离骚》：屈原被流放，便创作了千古名篇《离骚》。

左丘失明，厥有《国语》：左丘明双目失明，还写出《国语》。左丘明，春秋时鲁国史官。

孙子膑脚，《兵法》修列：孙子遭受膑刑，编写了《孙膑兵法》。孙子，孙膑，战国时军事家。

不韦迁蜀，世传《吕览》：吕不韦虽移居蜀地，却有《吕氏春秋》传世。不韦，即吕不韦，秦王嬴政时初为相国，并被尊为"仲父"，但很快又被免去其丞相职务，让其徙居蜀，吕不韦在迁蜀途中自杀。

韩非囚秦，《说难》《孤愤》：韩非子被秦国囚禁，而《说难》《孤愤》问世。韩非，战国末年韩国公子，在秦国被李斯谗害致死，有《韩非子》传世。

发愤之所为作：抒发愤懑之情写出的作品。

此人皆意有所郁结：这些人都是内心有忧郁苦闷。

不得通其道：不能够实现自己的崇高理想，郁结得不到宣泄。

思来者：寄希望于后来人。

终不可用：最终不可能被国君任用。

退论书策：从仕途中退下来，通过写书论述自己的见解。

思垂空文以自见：想通过自己的著述流传后世表明自己的心迹。

仆窃不逊：我个人不够谦逊。

自托于无能之辞：把自己寄托在写些没有什么作用的文章之中。

网罗天下放失旧闻：搜集天下散失的各种历史资料。

考之行事：粗略地考订那些旧闻事迹。

稽其成败兴坏之理：考察其成功、失败、兴起、衰亡的规律。

欲以究天人之际：探究自然和人事之间的关系。

通古今之变：通晓由古到今的变化。

成一家之言：建立一家的言论。

适会此祸：正好遇到了这一灾祸。此祸，指司马迁为李陵投降匈奴事辩护而下狱受宫刑。

就极刑而无愠色：遭受极残酷的刑罚，却没有怨恨的表情。

仆诚已著此书：我假如果真能写完这部书。

偿前辱之责：偿还了以前受污辱的债。

虽万被戮：即使遭受杀身惩罚一万次。

且负下未易居：背着侮辱的罪名，不易立身当世。

下流多谤议：地位低下的人常常被人诋毁。

何面目复上父母之丘墓：还有什么脸面再给父母上坟呢？

垢弥甚耳：耻辱只会越来越加重。

肠一日而九回：悲痛之情即便是一天，也在肠中百转千回。

居则忽忽若有所亡：平常在家恍恍惚惚，像丢失了什么似的。

从俗浮沉，与时俯仰：跟随一般流俗处世行事，迎合社会潮流。

以通其狂惑：用这样的处世态度来抒发内心的悲愤。

无乃与仆之私指谬乎：岂不是跟我个人的想法相违背？

崔 瑗 《座右铭》

题 解

崔瑗的《座右铭》是中国历史上第一篇座右铭。座右铭是训诫文字的一种，通常放在座位之右，用来警诫自己，所以称座右铭。据说崔瑗兄长崔璋被人杀害，崔瑗便手刃仇敌逃亡，后因被赦而逃脱，故作此铭。这篇铭文共二十句，一百字，借鉴汉乐府民歌的五言形式，两句一组，通过句意的对立、矛盾，抒发作者为人处世的态度和基本立场。

作 者

崔瑗，字子玉，东汉涿郡安平（今河北涿州）人。他自幼好学，工于文辞，著有赋、碑、铭、箴等五十七篇；是汉代著名书法家，尤善草书，师法杜度，时称"崔杜"；还精通天文、历法、《易传》，官至济北相。

注 释

施人慎勿念：施恩于人不要老记在心里。

唯仁为纪纲：只把仁爱作为自己的行动准则。

隐心而后动：不要盲动，要考虑清楚是否合乎仁道然后再行动。

谤议庸何伤：别人的诽谤议论，对自己能有什么伤害呢？

守愚圣所臧：保持愚拙是圣人所赞赏的。

在涅贵不缁：处在黑色染料中也不变黑，才是最可贵的。

暧暧内含光：表面上黯淡无光，而内在的品质却蕴含光芒。

柔弱生之徒：柔弱是生存的根本。

老氏诫刚强：老子告诫人们要处柔谦下，不要刚强。

行行鄙夫志：浅薄固执，是那些没有见识的人表现出来的刚直。

悠悠故难量：性情温和而不刚烈外露，所以别人对你捉摸不透。

行之苟有恒：如果能持之以恒地按上述去做。

久久自芬芳：时间长了自然会产生很好的效果。

11

朱　熹《四书章句集注》一则

题　解

《四书章句集注》是四书的重要注本。朱熹把《礼记》中的《大学》《中庸》两篇和《孟子》《论语》合编，因而成为四书，并分章分节加以注解，以注解来阐发程朱学派的理学思想。本书所选内容，为朱熹取程颐之意对《大学》中"格物致知之义"的进一步阐发。

作　者

朱熹，字元晦，又字仲晦，号晦庵，晚称晦翁，祖籍徽州府婺源县（今江西婺源），生于南剑州尤溪（今属福建尤溪）。他一生学而不厌，诲人不倦，博览经史，治学严谨，著作宏富。他也是理学的集大成者，被后世尊称为朱子，所著《四书章句集注》，成为元明清的教科书和科举考试的标准。清康熙皇帝称朱熹"集大成而绪千百年绝传之学，开愚蒙而立亿万世一定之归"。

注　释

在即物而穷其理：在于接触事物而彻底穷尽它的道理。
即凡天下之物：根据所有天下的事物。

莫不因其已知之理而益穷之：没有不是通过已掌握的部分的事理，去开展更深入的研究。

以求至乎其极：以求达到对世界根本的洞察。

豁然贯通：一下子明白了，所有的道理都能联系起来。

此谓知之至：这就叫知识的积累达到至高境界。

袁 枚 《黄生借书说》

题 解

黄生名为黄允修，生平不详。"说"是古代的一种文体，作者往往就社会生活中的某种现象提出看法，以议论为主，也兼有记叙和抒情。

本篇选文讲述了黄姓年轻人向袁枚借书并获赠"说"的故事。袁枚通过此说指出一种现象，向别人借的书，总是着急而认真地读，自己拥有的书却并不着急读。古代书籍刻印不易，博览需要借书，而借书这个过程，本身就鼓励着读书人爱书、惜书、专心读书。全文如话家常，循循善诱，富有启发性。

作 者

袁枚，字子才，号简斋，晚年自称随园主人，浙江钱塘（今浙江杭州）人。清代诗人、散文家。他于乾隆四年（1739）中进士，曾任江宁等地知县，后隐居于南京小仓山随园，吟咏其中，广收诗弟子。著文不拘义法，提倡独抒性灵，在清代文学界影响很大，有《小仓山房文集》《随园诗话》等传世。

注　释

七略：为汉代官府藏书目录，同时也是中国第一部综合性图书分类目录。西汉成帝年间，刘向等人校勘政府藏书，为每种书撰写书录一篇，后将各书书录汇辑成《别录》一书。刘向之子刘歆在《别录》的基础上，加以分类，编成《七略》，全书分为七大类，即辑略、六艺略、诸子略、诗赋略、兵书略、数术略和方技略。这里用"七略"代指汉代皇家的藏书。

四库：指清高宗乾隆年间编成的《四库全书》，几乎收集了迄于乾隆时期的所有传世著作。

天子之书：皇帝拥有的书。

汗牛塞屋：运书的牛累得出汗，书塞满了屋子。形容藏书非常多。

非独书为然：不仅书是这样。

非夫人之物而强假焉：不是自己的东西而勉强向别人借来。

惴惴焉，摩玩之不已：心情紧张不安地反复观摩玩赏。

若业为吾所有：如果已经是自己拥有的东西。

必高束焉：一定在高处捆绑保存它。

姑俟异日观云尔：姑且等到日后再阅读吧。

家贫难致：因家境贫穷难以获得书。

归而形诸梦：回到家里，那些书在梦中出现了。

其切如是：那种迫切得书的心情就像这样。

辄省记：就能记住。

俸去书来：用俸禄换来了书。

素蟫灰丝：白色的蛀书虫，灰色的蜘蛛丝。

时蒙卷轴：常常覆盖在书卷上。

今黄生贫类予：现在黄生家境贫穷，和我年轻时相似。

若不相类：好像不一样。

予固不幸而遇张乎：我是本来不幸才碰上了吝啬的张姓藏书人吗？

为一说，使与书俱：作一篇说，把它和书一起交给黄生。

《诗经》一首 《静女》

题 解

《诗经》是我国第一部诗歌总集，共三百〇五篇，简称"诗三百"。周代设有采诗的官，把采来的诗献给乐官大师，再献给天子，以此来考察风俗和政治。所以，《诗经》是由周朝各时期乐官编纂而成，春秋末孔子又做了修订。内容上分为风、雅、颂三个部分。"风"有十五国风，是采自各诸侯国的民歌。

本书所选《静女》出自《国风·邶风》，描述男子与心爱的姑娘约会前后的心情变化，将其表现得惟妙惟肖、鲜活动人。

注 释

静女其姝：娴静姑娘真是可爱美好。

俟我于城隅：她在城墙的角楼上等我。

爱而不见：故意躲藏让我看不见她。

搔首踟蹰：急得我搔着头徘徊不定。

贻我彤管：送给我颜色鲜红的草茎。

说怿女美：我是多么喜爱你的美丽。

屈　原《橘颂》

题　解

《楚辞》被誉为"中国文学史上第一部浪漫主义诗歌总集"。"楚辞"一词，最早见于西汉司马迁的《史记》。后来的学者解释说："盖屈宋诸骚，皆书楚语，作楚声，纪楚地，名楚物，故可谓之楚辞。"也就是说，楚辞的本义是指带有楚地特色的文辞。《楚辞》这部经典以战国时期楚国诗人屈原作品为主，兼及宋玉及汉初其他诗人的一些作品。因为屈原的《离骚》是《楚辞》中的灵魂作品，所以楚辞又被称为"骚"；汉代，楚辞的文体属于赋，所以，又常被称作"屈赋"。

本书所选《橘颂》出自《楚辞·九章》，以托物言志的方法表达作者的美好品德。

作　者

屈原，名平，字原，战国时楚国人，是中国文学史上第一位以个人作品传世的伟大诗人。他出身于楚国宗室贵族，在少年时，受过良好教育，博闻强识，志向远大。成年以后，历仕怀王与襄王两朝，曾经深受楚怀王信任，被任命为左徒、三闾大夫，是楚国举足轻重的政治要员。他为实现楚国统一大业，力主对内施行美政，对外联齐抗秦，楚国也一度出现了国富兵强、威震诸侯的局面。但不久，屈原就受到佞臣谗害，而被怀王疏远，被迫去职，被流放沅湘流域。最后，在秦将白起攻破郢都、楚国败亡时，屈原投身汨罗江，以死殉志。

注　释

后皇嘉树，橘徕服兮：天地间美好的橘树，能适应楚国的土地和气候。后，后土，后土是古人对土地的尊称，大地在古人心目中地位极为崇高，是具有神性、神格的事物。皇，皇天。后皇，是对天地的尊称。嘉树，指橘树。

受命不迁：禀受自然天性，不可随便迁移到他乡。

生南国：生长在南方的土地。南国，泛指南方，在屈原所处的时代南方，即楚国之地。

深固难徙：根深蒂固，很难迁移。

更壹志：志节更加专一。

绿叶素荣：绿色的叶子，白色的花朵。

纷其可喜：多么茂盛而可爱。

曾枝剡棘：层叠的树枝，尖利的橘刺。

圆果抟兮：圆圆的果实圆又圆。

青黄杂糅：即将成熟的果实，青色、黄色相互交错。

文章烂兮：纹理色彩多么灿烂。

精色内白：外表纯净，皮内洁白。

类可任兮：如同肩负重任的君子。

纷缊宜修：花团锦簇而又修饰得美好得体。

姱而不丑：美好而不同凡俗之物。

嗟尔幼志，有以异兮：感叹橘树小的时候，志向便不同于一般草木。

独立不迁：坚强地直立，永不移动。

廓其无求：襟怀宽广而不追求什么私利。

苏世独立：处世特立独行，对浑浊俗世保持清醒的头脑。

横而不流：保持特立独行的性格而不媚俗从众。

闭心自慎：保持自身内心世界的纯净，谨慎自守节操。

终不失过：始终没有过错。

秉德无私：保持美好的品德而不怀私心。

参天地：与天地共存。

愿岁并谢，与长友兮：自己年龄与橘树一同逝去，与橘树长久为友。

淑离不淫：鲜明美好而不放荡过分。淑，美，善。离，即"丽"，美好。淫，惑乱。

梗其有理：坚守直道，符合正理。

行比伯夷：德行好似伯夷。伯夷，商末孤竹国人。商灭后，他耻食周粟，饿死于首阳山。

置以为像：要把橘树作为自己的榜样。

曹 操 《龟虽寿》

题 解

《龟虽寿》是曹操《步出夏门行》组诗的第四章,《步出夏门行》又名《陇西行》,乐府《相和歌·瑟调曲》名。此诗作于曹操五十三岁时征讨乌桓凯旋途中。此时,曹操在古代已是将近暮年的年龄,但想到一统天下的宏愿尚未实现,想到人生短促、时不我待,便为生命的有限而感慨!但是,曹操并不悲观,他仍以不断进取的精神激励自己建功立业。

作 者

曹操,字孟德,一名吉利,小字阿瞒,东汉末沛国谯郡(今安徽亳州)人。曾官至大将军、相,后封为魏王,其子曹丕称帝后,被追尊为魏武帝。他精兵法,善诗歌,尤工章草,开启并繁荣了建安文学。其诗歌气魄宏大,鼓舞人心。在叶嘉莹看来,曹操既有诗人的才情,也有雄图霸业的抱负,方有如此文学成就。

注 释

神龟虽寿，犹有竟时：神龟虽然长寿，但生命还是有终结的时候。神龟，传说中有灵的龟，能活几千年。

腾蛇乘雾，终为土灰：腾蛇虽然能乘雾升天，最终也要化为土灰。腾蛇，传说中属"龙"一类的神物，能兴云驾雾。

盈缩之期，不但在天：人的寿命长短的期限，不仅仅取决于上天。盈缩，指人的寿命长短。盈，满。缩，亏损。

养怡之福，可得永年：保养身心，使之安适愉快，可以得到长寿。

幸甚至哉，歌以咏志：真是幸运极了，让我用歌咏来表达志趣。

陶渊明 《归园田居》其一

题 解

　　《归园田居》共五首，是陶渊明辞官归隐后陆续写成的。本诗是其中第一首，以追悔开始，以庆幸结束，追悔自己"误落尘网""久在樊笼"的压抑与痛苦，庆幸自己终"归园田"、复"返自然"的惬意与欢欣，真切表达了诗人对官场羁绊的厌恶，对宁静田园生活的无限向往与怡然陶醉。

作 者

　　陶渊明，一名潜，字元亮，别号五柳先生，东晋末年浔阳柴桑（今江西九江）人。诗人、散文家。曾任彭泽县令，仅八十多天便弃职而去，从此归隐田园。他的诗风格自然朴实，语言简洁含蓄，其中以田园诗数量最多，成就最高，被称为"古今隐逸诗人之宗""田园诗派之鼻祖"。

注 释

少无适俗韵：少小时就没有随俗气韵。

三十年：应为十三年。作者初仕为州祭酒到辞去彭泽令，经历的年数是十三而不是三十。但也有人认为，三十年是十年之夸词，古代多有十而称三十的说法，"三十"可以看作是表多之词。

羁鸟恋旧林：笼中鸟常依恋往日山林。

池鱼思故渊：池里鱼向往着故旧深渊。

开荒南野际：愿在南边田野开垦荒地。

方宅十余亩：绕房宅方圆有十余亩地。

榆柳荫后檐：榆柳树遮蔽了房屋后檐。

暧暧远人村：远处的村舍依稀可见。

户庭无尘杂：门庭内没有那杂事干扰。

虚室有余闲：静室里有的是安适悠闲。

王　翰　《凉州词》其一

题　解

　　《凉州词》是唐乐府名，即盛唐时流行的一种曲调名，也指《凉州曲》的唱词。凉州歌词慷慨悲壮，具有浓郁的西北民族特色。王翰的《凉州词》共二首，本书所选是第一首。该诗以豪放的情调描写军旅生活，描写不惧沙场的豪迈与不羁，被明代王世贞推为唐代七绝的压卷之作。

作　者

　　王翰，字子羽，并州晋阳（今山西太原）人。他是唐睿宗景云元年的进士，曾任秘书正字、汝州长史等官职，为人生性豪放、洒脱不羁，在文坛受到后辈尊重，是著名的唐代边塞诗人。

注　释

　　葡萄美酒夜光杯：酒宴开席，葡萄美酒惬漾，盛在夜光玉杯中。

　　欲饮琵琶马上催：正想喝酒，马上琵琶声声，催促快快干掉酒。

　　醉卧沙场君莫笑：喝醉卧倒，即便是在战场，也请您不要笑话。

　　古来征战几人回：从古至今，征战讨伐过后，有几人返回故乡？

18

王　维　《鸟鸣涧》

题　解

　　《鸟鸣涧》是王维题友人皇甫岳所居的云溪别墅所写的组诗《皇甫岳云溪杂题五首》的第一首，是诗人寓居在今绍兴市东南五云溪的作品。本诗虽表达的是山涧静谧的意境，描述的却是花落、月出、鸟鸣等动态的景象。动静相印，不仅使全诗富有生机而不枯寂，而且展示了高明的艺术辩证法，完美表达了诗人闲适平淡的心情。

作　者

　　王维，字摩诘，祖籍太原祁（今山西祁县）人，其父迁居蒲州（今山西蒲县）。唐玄宗开元九年（721）中进士，曾官至尚书右丞，世称"王右丞"。因精通佛学，受禅宗影响很大，有"诗佛"的美誉。他多才多艺，工书善画。苏轼评价说："味摩诘之诗，诗中有画；观摩诘之画，画中有诗。"

注　释

人闲桂花落：人心静下来，才能感受到桂花轻轻飘落。
月出惊山鸟：月亮出来了，月光使山里的鸟儿受惊而飞。
时鸣春涧中：鸟儿不时地在春天的山涧中鸣叫。

张 继 《枫桥夜泊》

题 解

天宝十四载，安史之乱爆发。因江南政局相对稳定，诗人张继前往江浙避难，于苏州城西郊的枫桥，写下所见所闻，展示了宁静凄清的夜景。诗中勾画了月落乌啼、霜天寒夜、江枫渔火、孤舟客子等景象，有景、有情、有声、有色，将作者羁旅之思、家国之忧、安身之虑充分地表现了出来，是唐诗写"愁"的代表作。

作 者

张继，字懿孙，唐代襄州（今湖北襄阳）人。天宝十二载的进士，博览有识，好谈论，知治体，历任检校郎中、盐铁判官等职。他的诗爽朗激越，不事雕琢，比兴幽深，事理双切，对后世颇有影响。张继有《张祠部诗集》一部流传后世，其中以《枫桥夜泊》最为著名。

注 释

江枫渔火对愁眠：面对江边枫树和渔人灯火，诗人满怀情思，忧愁难眠。

姑苏城外寒山寺：苏州城外坐落着寒山古寺。姑苏，苏州别称。寒山寺，此寺在枫桥附近，始建于南朝梁代。相传因唐代僧人寒山、拾得曾住此而得名。

夜半钟声到客船：半夜敲响的钟声，传到游子寄住的船上。夜半钟声，相传，苏州和邻近地区的佛寺，有打半夜钟的风俗，也叫"无常钟"或"分夜钟"。

孟　郊　《游子吟》

题　解

　　《游子吟》据说是诗人孟郊五十岁时所作。当时，经历了数十年的贫困潦倒，他终于得到溧阳县尉的微职，能够结束漂泊的生活，将母亲接来同住。孟郊仕途失意，饱尝世态炎凉，更能感受亲情的可贵。因此，他的《游子吟》发于肺腑，感人至深，真切描述了母亲对游子的爱和游子对母亲的感激。其中，"谁言寸草心，报得三春晖"是流传千古的名句。

作　者

　　孟郊，字东野，湖州武康（今浙江德清）人，一说是洛阳人。唐代著名诗人。他因仕途不顺而放迹林泉，诗作多写世态炎凉，民间苦难，获得"诗囚"之称，与贾岛并称"郊寒岛瘦"。孟郊现存五百多首诗，以短篇五古最多，有《孟东野诗集》十卷传世。

注　释

临行密密缝：临行前一针针密密地缝缀。
意恐迟迟归：心里担忧孩子，迟迟不能回家。

　　谁言寸草心，报得三春晖：谁说像小草那样微弱的孝心，能够报答母亲如春阳普照的恩情呢？

李商隐 《无题》

题　解

唐代以来，有些诗人不愿意标出能够表示主题的题目时，便用"无题"作诗的标题。李商隐的《无题》也属于这类含义隐晦的诗词。在李商隐生活的唐代，人们崇尚道教。因此，李商隐少时即被家人送往玉阳山学道。其间，他与玉阳山灵都观宋华阳相识相恋，但两人的感情却不能为外人知晓。故而，李商隐只能以诗记情，并隐其题，从而使诗词显得既朦胧婉曲，又深情无限。此诗即其中一首。诗中充分表达了对即将分别的心上人的无限眷恋和别后至死不渝的思念。

作　者

李商隐，字义山，号玉谿生，怀州河内（今河南沁阳）人。唐文宗开成二年（837）进士，授秘书省校书郎。本应仕途顺利，却因处于牛李党争的夹缝之中，一生很不得志。他擅长诗文写作，其诗构思新奇，风格秾丽，尤其是一些爱情诗和无题诗，写得缠绵悱恻，优美动人，被广为传诵。作为晚唐最出色的诗人之一，他和杜牧合称"小李杜"，与温庭筠合称"温李"，有《李义山诗集》传世。

注　释

百花残：百花凋谢。

丝：与"思"谐音，以"丝"喻"思"，含相思之意。

蜡炬成灰泪始干：蜡烛要烧成灰烬之时，如泪水般的蜡油才会流干。

晓镜但愁云鬓改：早晨梳妆照镜，只担忧如云的鬓发改变颜色，容颜不再。

夜吟应觉月光寒：长夜里独自吟诗，不能安睡，必然感到冷月侵人。

青鸟殷勤为探看：烦请青鸟一样的使者，殷勤地为我去探望。

李 璟 《摊破浣溪沙》

题 解

"摊破浣溪沙"是词牌"浣溪沙"的变式，又名"添字浣溪沙""山花子""南唐浣溪沙"。本词作者李璟是五代十国时期南唐第二位皇帝，因受到后周威胁，削去帝号，改称国主，史称南唐中主。这首词作通过秋景写忧愁，表达了一国之君在国家面临危亡之时的无能为力与无限哀愁。词作感情真挚，风格清新，语言不事雕琢，其中的"小楼吹彻玉笙寒"是流芳千古的名句。

作 者

李璟，本名景通，改名瑶，后名璟，字伯玉，五代南唐中主。他在位时，南唐疆土最大，但因其奢侈无度，导致政治腐败，国力下降，最终被削去帝号。他好读书，多才艺，善填词，词作意境较高，其诗词被录入《南唐二主词》中。

注 释

西风愁起绿波间：秋风吹来，使人产生无限哀愁，和秋水一样起伏。

细雨梦回鸡塞远：梦中想着国家边塞的战事，醒来时正下着细雨。鸡塞，即"鸡鹿塞"，在今内蒙古，是古代贯通阴山南北的交通要冲，后泛指西北少数民族地区或边远地区。

小楼吹彻玉笙寒：吹到最后一曲，寒笙呜咽之声久久回荡在小楼中。寒，笙以吹久而含润，故云"寒"。

23

晁补之 《盐角儿·亳社观梅》

题 解

《盐角儿·亳社观梅》作于宋哲宗绍圣二年，晁补之从齐州知州被贬为亳州通判之际，是托物言志之作。作者通过对梅花的色、香等的描写，赞美梅花骨中香彻，别有情致。虽然写的是梅花的非凡神韵和高洁品质，但实际上表达的是对自己所向往的人格的写照。

作 者

晁补之，字无咎，自号归来子，北宋济州巨野（今属山东）人。元丰二年（1079）举进士第一，曾官至礼部郎中，出知河中府。他工书画，能诗词，善属文。与张耒并称"晁张"，为"苏门四学士"（另有黄庭坚、秦观、张耒）之一，有《鸡肋集》《晁氏琴趣外篇》等传世。

注 释

盐角儿：词牌名。王灼《碧鸡漫志》记载："盐角儿，《嘉祐杂志》云：梅圣俞说，始教坊家人市盐，于纸角中得一曲谱，翻之，遂以名。令双调《盐角儿》令是也。欧阳永叔尝制词。"

亳社：指安徽亳州祭祀土地神的社庙。一说亳社即殷社。古时建国必先立社，殷建都亳，故称亳社，其址在今河南商丘。

花中奇绝：花中奇物而绝无仅有。

骨中香彻：梅花的香气是从骨子里飘逸出来的，清香透彻。

堪羞损、山桃如血：可以使那红得似血的山桃花，因羞惭而减损自己的容颜。

直饶更、疏疏淡淡：即使枝叶花朵再稀疏，香气再清淡。

终有一般情别：终究另有一种非其他媚俗之花可比的情致。

杨万里 《小池》

题 解

这是一首状物写景诗。诗中通过对小池周围的树影、池中的小荷、荷叶尖上的蜻蜓的景物描写，表现了作者对盎然春意的热爱和闲适的心境。"小荷才露尖尖角，早有蜻蜓立上头"，已成为历代传诵的名句。

作 者

杨万里，字廷秀，号诚斋，吉州吉水（今江西吉水）人。他是进士出身，官至宝谟阁学士。他的诗歌大多描写自然景物，创造了语言浅近明白、清新自然并富有幽默情趣的"诚斋体"。他一生作诗两万多首，传世作品有四千二百首，被誉为一代诗宗，与陆游、尤袤、范成大并称为"中兴四大诗人"。

注 释

泉眼无声惜细流：泉眼无声地慢慢流着，好像舍不得细细的流水。

树阴照水爱晴柔：树荫映照着水面，更觉晴空、柔风可爱。

陆 游 《卜算子·咏梅》

题 解

《卜算子·咏梅》是爱国诗人陆游的咏物言志词。词作通过对梅花困境的描绘，凸显梅花高洁的灵魂，使梅花成为诗人不懈抗争的精神和坚贞不渝的品格形象的写照。词作笔致细腻，意味深隽，被赞为咏梅词中的绝唱。

作 者

陆游，字务观，号放翁，南宋越州山阴（今浙江绍兴）人。他二十九岁中进士，官至礼部郎中。少时受家庭爱国思想熏陶，中年投身军旅生活，晚年虽退居家乡，但收复中原的信念始终不渝。其诗语言平易晓畅，章法整饬严谨，尤以饱含爱国热情对后世影响深远。存诗九千三百多首，是文学史上存诗最多的诗人，有《剑南诗稿》《渭南文集》《南唐书》《老学庵笔记》《放翁词》《渭南词》等传世。

注 释

卜算子：词牌名，又名《百尺楼》《眉峰碧》《楚天遥》，双调四十四字，上下片各两仄韵。

断桥：残破的桥。

寂寞开无主：孤独寂寞地开放，却不知为了谁。

一任群芳妒：任凭别的花卉嫉妒中伤。

萨都剌 《念奴娇·登石头城》

《念奴娇·登石头城》作于元文宗至顺三年（1332）。当时，词人任江南诸道行御史台掾史，移居金陵。在金陵各地游玩时，见古迹依稀，往事萦怀，诗情时涌，留下了不少有关金陵的诗词，本篇即是其中的一首。

词作采用苏轼《念奴娇·赤壁怀古》的韵脚，上阕写此地战争频发，伤亡众多；下阕写离宫凄凉冷清，送走几多歌伎舞女的青春。作者抓住了几个生活片段，生动地描绘出六朝宫殿由盛转衰后的残破不堪，字里行间，浸透着"黍离"之感。

作 者

萨都剌，字天锡，号直斋，其先世为西域人，出生于雁门（今山西代县）。元泰定年间进士，官至南台侍御史。酷爱文学，善绘画，精书法，有"虎卧龙跳之才"。他长期宦游，浪迹四方，日弄柔翰，创作极富，有诗七百八十余首，词十四首传世，其诗词清新绮丽，自成一家，被赞为"有元一代词人之冠"。

注　释

念奴娇：词牌名，因全词共一百字，又称百字令。

石头城：即金陵城，在今南京清凉山。昔为六朝都城。

望天低吴楚，眼空无物：放眼望去，天边连着吴楚，天地相连，一片空旷。

六朝形胜：指东吴、东晋、宋、齐、梁、陈六个朝代地形优越壮美。

蔽日旌旗，连云樯橹，白骨纷如雪：这三句写战争激烈的场面。

避暑离宫：在离宫避暑。

东风辇路，芳草年年发：东风吹到皇帝车驾走的路，每年都长出青草。

落日无人松径里，鬼火高低明灭：日落以后松树林里没有人，只见鬼火时隐时现。

暗换青青发：乌黑的头发在不知不觉间变灰变白。

伤心千古，秦淮一片明月：这句话用刘禹锡《石头城》"淮水东边旧时月，夜深还过女墙来"，说明秦淮河上明月依旧，六朝的繁华却早已消逝，徒留后人无限伤感。秦淮，流过石头城的秦淮河。

纳兰性德 《金缕曲·赠梁汾》

题　解

清代词坛曾有一盛事，词人们竞用《金缕曲》这一词牌填词。而在众多《金缕曲》中，最为惹人注目且竞相传写的是《金缕曲·赠梁汾》。此词作于纳兰性德初识顾梁汾之时。纳兰性德时年二十二岁，年轻有为，门第高贵，而顾梁汾时年四十岁，刚刚辞官，郁郁不得志。但此词却深情地表明二人相见恨晚、相互知心的友情，抒发了纳兰性德对才士贤人不幸遭际的同情与不平。

作　者

纳兰性德，满洲人，字容若，号楞伽山人。他深受康熙皇帝赏识，多随驾出巡，年仅三十一岁即早逝。他擅长作词，内容涉及爱情友谊、边塞江南、咏物咏史，词风清新隽秀、哀婉绝艳。他的词作生前即产生过"家家争唱"的轰动效应，他身后更是被誉为"国初第一词手"。

注　释

金缕曲：词牌名，又名《贺新郎》《乳燕飞》，亦作曲牌名。一百一十六字，前后片各六仄韵。

德也狂生耳：我本是一个狂放不羁的人。德，纳兰性德自称。

偶然间、缁尘京国，乌衣门第：我在京城混迹于官场，不过是因为出身高贵门第，且有命运的偶然安排。

有酒惟浇赵州土：这一句借用李贺《浩歌》中的诗句，是说希望有战国时赵国平原君那样招贤纳士的人来善待天下贤德才士。

谁会成生此意：却无人会理解我的心意。成生，纳兰性德原名纳兰成德，所以自称成生。

青眼高歌俱未老：趁我们还未年老，且来纵酒高歌。

向樽前、拭尽英雄泪：姑且面对酒杯，擦去英雄才有的眼泪。

且由他：姑且由他去吧。

娥眉谣诼，古今同忌：才干出众、品行卓绝的人容易受到谣言中伤，这是古今共有的现象。

身世悠悠何足问：人生岁月悠悠，难免遭受挫折苦恼，不必去追究询问。

寻思起、从头翻悔：若对挫折耿耿于怀，反复思量，那么人生从一开始就错了。

一日心期千劫在：一朝以心相许、成为知己，那么即使经历千万劫难，我们二人的友情也将依然长存。

后身缘、恐结他生里：来世他生的缘分，我们还将保持，并结为知己。

然诺重，君须记：朋友之间信用为重，您要切记。

篇目	篇目来源	版本信息	出版社	出版年份
1	《论语》	《论语译注》杨伯峻译注	中华书局	1980
2	《老子》	《老子注译及评介》陈鼓应著	中华书局	1984
3	《管子》	《管子校注》黎翔凤撰 梁运华整理	中华书局	2004
4	《墨子》	《墨子间诂》孙诒让撰 孙启治点校	中华书局	2001
5	《孟子》	《孟子正义》焦循撰 沈文倬点校	中华书局	1987
6	《庄子》	《庄子集释》郭庆藩辑 王孝鱼点校	中华书局	1961
7	《国语》	《国语集解》徐元诰撰 王树民、沈长云点校	中华书局	2002
8	《礼记》	《十三经注疏》阮元校刻	中华书局	1980
9	司马迁《报任少卿书》	《汉书》班固撰 颜师古注	中华书局	1962
10	崔瑗《座右铭》	《文选》萧统编 李善注	中华书局	1977
11	朱熹《四书章句集注》	《四书章句集注》朱熹撰	中华书局	1983
12	袁枚《黄生借书说》	《小苍山房诗文集》袁枚著 周本淳标校	上海古籍出版社	1988
13	《诗经》	《诗经注析》程俊英、蒋见元著	中华书局	1991
14	屈原《橘颂》	《楚辞补注》洪兴祖撰 白化文等点校	中华书局	1983
15	曹操《龟虽寿》	《三曹诗选》余冠英选注	人民文学出版社	1999
16	陶渊明《归园田居》	《陶渊明集》逯钦立校注	中华书局	1979
17	王翰《凉州词》	《全唐诗》彭定求等编	中华书局	1960
18	王维《鸟鸣涧》	《王右丞集笺注》王维撰 赵殿成笺注	上海古籍出版社	1984
19	张继《枫桥夜泊》	《全唐诗》彭定求等编	中华书局	1960
20	孟郊《游子吟》	《孟东野诗集》孟郊撰 华忱之校订	人民文学出版社	1959
21	李商隐《无题》	《全唐诗》彭定求等编	中华书局	1960
22	李璟《摊破浣溪沙》	《唐宋词鉴赏辞典》唐圭璋主编	江苏古籍出版社	1999
23	晁补之《盐角儿·亳社观梅》	《全宋词》唐圭璋编	中华书局	1965
24	杨万里《小池》	《杨万里集笺校》杨万里撰 辛更儒笺校	中华书局	2007
25	陆游《卜算子·咏梅》	《唐宋词鉴赏辞典》唐圭璋主编	江苏古籍出版社	1999
26	萨都剌《念奴娇·登石头城》	《全金元词》唐圭璋编	中华书局	1979
27	纳兰性德《金缕曲·赠梁汾》	《饮水词笺校》纳兰性德撰 赵秀亭、冯统一笺校	中华书局	2005

作者作品年表

作者作品年表
（以作者主要生活年代、成书年代为参考）

西周（前 1046—前 771）		《诗经》
东周① （前 770— 前 256）	春秋（前 770—前 476）	管子（？—前 645） 老子（约前 571—？） 孔子（前 551—前 479） 孙子（约前 545—约前 470）
	战国（前 475—前 221）	墨子（前 476 或前 480—前 390 或前 420） 孟子（约前 372—前 289） 庄子（约前 369—前 286） 屈原（约前 340—前 278） 公孙龙（约前 320—前 250） 荀子（约前 313—前 238） 宋玉（约前 298—前 222） 韩非子（约前 280—前 233） 吕不韦（？—前 235） 《黄帝四经》 《吕氏春秋》 《左传》 《列子》 《国语》 《尉缭子》 《易传》
秦（前 221—前 206）		李斯（？—前 208）
汉 （前 206— 公元 220）	西汉②（前 206—公元 25）	贾谊（前 200—前 168） 韩婴（约前 200—约前 130） 司马迁（约前 145—？） 刘向（约前 77—前 6） 扬雄（前 53—公元 18） 《礼记》 《淮南子》
	东汉（25—220）	崔瑗（77—142） 张衡（78—139） 王符（约 85—162） 曹操（155—220）
三国（220—280）		诸葛亮（181—234） 曹丕（187—226） 曹植（192—232） 阮籍（210—263） 傅玄（217—278）

晋 （265—420）	西晋（265—317）	李密（224—287） 左思（约 250—约 305） 郭象（约 252—312）
	东晋（317—420）	王羲之（303—361，一说 321—379） 陶渊明（约 365—427）
南北朝 （420—589）	南朝（420—589）	范晔（398—445） 陶弘景（456—536） 刘勰（约 465—约 532）
	北朝（386—581）	郦道元（约 470—527） 颜之推（531—约 590）
隋（581—618）		魏徵（580—643）
唐③（618—907）		骆宾王（约 626—684 以后） 王勃（约 650—约 676） 杨炯（650—？） 贺知章（约 659—约 744） 陈子昂（659—700） 张若虚（约 670—约 730） 张九龄（673—740） 王之涣（688—742） 孟浩然（689—740） 崔颢（？—754） 王昌龄（698—756） 高适（约 700—765） 王维（701—761） 李白（701—762） 杜甫（712—770） 岑参（约 715—约 769） 张志和（732—774） 韦应物（约 737—792） 孟郊（751—814） 韩愈（768—824） 刘禹锡（772—842） 白居易（772—846） 柳宗元（773—819） 李贺（790—816） 杜牧（803—852） 温庭筠（812？—866） 李商隐（约 813—约 858）
五代十国（907—979）		李璟（916—961） 李煜（937—978）

作者作品年表

宋 （960—1279）	北宋（960—1127）	柳 永（约 987—1053） 范仲淹（989—1052） 晏 殊（991—1055） 宋 祁（998—1061） 欧阳修（1007—1072） 苏 洵（1009—1066） 周敦颐（1017—1073） 司马光（1019—1086） 曾 巩（1019—1083） 张 载（1020—1077） 王安石（1021—1086） 程 颐（1033—1107） 李之仪（1048—约 1117） 苏 轼（1037—1101） 黄庭坚（1045—1105） 秦 观（1049—1100） 晁补之（1053—1110） 周邦彦（1056—1121） 李清照（1084—1155） 陈与义（1090—1139）
	南宋（1127—1279）	岳 飞（1103—1142） 陆 游（1125—1210） 杨万里（1127—1206） 朱 熹（1130—1200） 张孝祥（1132—1170） 陆九渊（1139—1193） 辛弃疾（1140—1207） 姜 夔（约 1155—1221） 陈 亮（1143—1194） 丘处机（1148—1227） 叶绍翁（1194—1269） 文天祥（1236—1283）
元④（1206—1368）		关汉卿（约 1234 前—约 1300） 马致远（约 1250—1321 以后） 张养浩（1270—1329） 王 冕（1287—1359） 萨都剌（约 1307—1355？）

明（1368—1644）	宋濂（1310—1381） 刘基（1311—1375） 于谦（1398—1457） 钱鹤滩（1461—1504） 王阳明（1472—1529） 杨慎（1488—1559） 归有光（1507—1571） 汤显祖（1550—1616） 袁宏道（1568—1610） 张岱（1597—约1676） 黄宗羲（1610—1695） 李渔（1611—1680） 顾炎武（1613—1682）
清⑤（1616—1911）	徐灿（约1618—约1698） 纳兰性德（1655—1685） 彭端淑（约1699—约1779） 袁枚（1716—1797） 戴震（1724—1777） 龚自珍（1792—1841） 魏源（1794—1857） 曾国藩（1811—1872） 康有为（1858—1927） 谭嗣同（1865—1898） 梁启超（1873—1929） 秋瑾（1875—1907） 王国维（1877—1927）

说明

① 一般来说，把公元前770—公元前476年划为春秋时期；把公元前475—公元前221年划为战国时期。

② 9年，王莽废汉帝自立，改国号为"新"；23年，王莽"新"朝灭亡，刘玄恢复汉朝国号，建立更始政权；25年，更始政权覆灭。

③ 690年，武则天称帝，改国号为"周"；705年，武则天退位，恢复国号"唐"。

④ 1206年，铁木真建立大蒙古国；1271年，忽必烈定国号为元。

⑤ 1616年，努尔哈赤建立后金；1636年，改国号为清；1644年，明朝灭亡，清军入关。

出版后记

"中华古诗文经典诵读工程"于1998年由中国青少年发展基金会发起。作为诵读工程指定读本的《中华古诗文读本》于同年出版。二十五年来,"中华古诗文经典诵读工程"影响了数以千万计的读者,《中华古诗文读本》因之风行并被称誉为"小红书"。

为继续发挥"小红书"的影响力,方便读者从中汲取中华优秀传统文化的养分,中国青少年发展基金会、中国文化书院、陈越光先生与中国大百科全书出版社决定再版"小红书",并且同意再版时秉持公益精神,践行社会责任,以有益于中华传统文化普及与中小学生文化素养提高为首要目标。

"小红书"已出版二十五年。为给读者更好的阅读体验,在确保核心文本不变的前提下,我们征求并吸取了广大读者的意见,最后根据意见确定了以下再版原则:版本从众,尊重教材;注音读本,规范实用;简注详注,相得益彰;准确诵读,规范引领;科学护眼,方便阅读。可以说,这是一套以中小学生为中心的中国经典古诗文读本。

"小红书"以其中国特色、中国风格、中国气派、中国思想而备受读者青睐,使其畅销多年而不衰。三百余篇中国经典古诗文,不仅是中华民族基本思想理念的经典诠释,也是中华儿女道德理念和规范的精彩呈现。前者如革故鼎新、与时俱进的思想，脚踏实地、实事求是的思想，惠民利民、安民富民的思想等；后者如天下兴亡、匹夫有责的担当意识，精忠报国、振兴中华的爱国情怀，崇德向善、见贤思齐的社会风尚等。细细品之，甘之如饴。

四十余年来，中国大百科全书出版社坚守中华文化立场，一心一意为读者出版好书，积极倡导经典阅读。这套倾力打造的《中华古诗文读本》值得中小学生反复诵读，希望大家喜欢。

由于资料及水平所限，书中不妥之处在所难免，敬请读者批评指正，我们将不胜感激！

2023 年 6 月 6 日